Agatha Mistery

小侦探阿加莎

逃离古希腊迷宫

[意] 史蒂夫·史蒂文森 著　黄鑫 译

上海译文出版社

图字：09-2024-0600 号

图书在版编目（CIP）数据

逃离古希腊迷宫/(意)史蒂夫·史蒂文森(Sir Steve Stevenson)著；黄鑫译. --上海：上海译文出版社，2025. 8. --(小侦探阿加莎). --ISBN 978-7-5327-9887-2

Ⅰ. I546.84

中国国家版本馆CIP数据核字第2025MM2713号

逃离古希腊迷宫 FUGA DAL LABIRINTO

[意]史蒂夫·史蒂文森 著 [意]斯特凡诺·图尔科尼 绘 黄鑫 译

选题策划 张 顺
责任编辑 王宇晴 朱昕蔚
封面设计 张擎天

上海译文出版社有限公司出版、发行
网址：www.yiwen.com.cn
201101 上海市闵行区号景路 159 弄 B 座
常熟市文化印刷有限公司印刷

开本 890×1240 1/32 印张 4.25 字数 31,000
2025年8月第1版 2025年8月第1次印刷
印数：0,001—6,200册

ISBN 978-7-5327-9887-2
定价：35.00 元

任务

参与者

阿加莎

十二岁，梦想成为一名侦探小说家，拥有惊人的记忆力。

拉里

捣蛋鬼学生，就读于著名的“侦探眼”学校。

肯特先生

前拳击手，无可挑剔的英式管家。

沃森

顽皮的西伯利亚猫，
嗅觉如猎犬般敏锐。

罗塞塔姑姑

著名考古学家，精通古代失传语言。

目的地

希腊——克里特岛

目标

破解一系列错综复杂的谜题，
将罗塞塔姑姑从
神秘罪犯的魔爪中解救出来。

目 录

任务开始

此时此刻，拉里·米斯特里正躺在**克里特岛伊拉克利翁国际机场**大厅的一把椅子上，苦苦思索着一道无法破解的谜题。他一边绞尽脑汁思索，一边在椅子上变换着各种姿势，紧张地一片接一片地往嘴里塞着薯片，嘎吱嘎吱地嚼着。在不到一刻钟的时间里，他的那个特殊钛合金设备“眼线宝”已经被他油腻腻的手指弄得满是油污。这位十四岁的预备侦探从屏幕上收回视线，抬起头，用手拨开额前的那撮黑发。“真荒唐！”他气呼呼地说，“他们作弊了！”

“究竟是谁作弊了，亲爱的堂哥？”阿加莎漫不经心地问道。她坐在拉里旁边，正专注于阅读一本详细描述克里特岛考古奇迹的指南，这本书从他们五小时前从伦敦起飞时就一直陪伴着她。

“《终极陷阱》的程序员！”拉里突然爆发道，“呃，哦，你看这儿……我已经解锁了第三关，但我根本无法走出这个糖果迷宫。他们肯定插入了一个 bug！”

克里特岛和伊拉克利翁国际机场

克里特岛位于地中海东部的中间，是希腊的第一大岛，总面积约 8336 平方公里，人口约 60.1 万。克里特岛是爱琴海最南面的明珠，也是爱琴海中最大的岛屿。

伊拉克利翁国际机场，全称是伊拉克利翁–尼科斯·卡赞扎基斯国际机场，以纪念伊拉克利翁当地的作家和哲学家尼科斯·卡赞扎基斯。它是克里特岛上的主要机场，也是希腊仅次于雅典国际机场的第二繁忙的机场。

“一个 bug？”

“一个计算机错误。”他强调道。然后指着自己单薄的胸膛，“如果像我这样的‘侦探眼’学生都不能破解这个谜题，其他玩家就更别提了！”

阿加莎不自觉地露出一丝微笑：拉里梦想成为一名伟大的侦探，但他总是习惯于仓促下结论。“如果这个当下最受欢迎的网络游戏里隐匿着一个至今无人发现的缺陷，那就太不可思议了，”她神情平和地说，“你不如先把游戏放一边，来瞧一瞧这本指南：克里特岛有着非常有趣的历史！”

“你说什么？”拉里嘟囔着，又盯着那沾满油污的屏幕，“不，不，我不需要这些，毕竟我们在罗塞塔姑姑那儿待不了几天，而且我还想去海滩上好好放松一下……”

“我还要去参加会议呢，难道你不记得了吗？”阿加莎立刻补充道。但此时，她的堂哥已经再次陷入破解《终极陷阱》谜题的绝望尝试中了，他身边到处都是散落的薯片碎屑。

这一切都始于十天前，他们的姑姑罗塞塔·米斯特里邀请阿加莎参加一场关于米诺斯文明的国际盛会。罗塞塔是一位杰出的考古学家，致力于古代失传语言的研究，她知道阿加莎对神秘事物总是充满热情，并且也想与这位伦敦侄女分享自己在克里特岛象形文字方面的最新的轰动性发现。

陪伴阿加莎的是肯特先生——米斯特里家的全能管家，还有那只不可或缺的猫咪沃森。拉里也收到了邀请，他一听说目的地是在爱琴海中心的阳光明媚的克里特岛，就立刻兴高采烈地加入了这次旅行。尽管已经是九月中旬，岛上的气候依然宜人。拉里打算在这座美丽的岛屿上尽情地度过一个完美的假期，然后再投身于某些惊险的任务中——这是他出发时的宣言。但事实上，在他们抵达目的地后，他的兴趣似乎都集中在电子游戏上了。阿加莎不确定她堂哥的老师们是否会赞成他这样毫无节制地使用“眼线宝”——学校给所有实习侦探配备的高级设备。

“非常抱歉，阿加莎小姐，看起来没有现成可用的汽车了。”肯特先生沮丧地说道，他那前职业拳击手的魁梧身材出现在机场租车处门口，“我不得不选择一种更……怎么说呢，更具运动性的交通工具。”

说完，管家指了指到达大厅的玻璃窗，窗外停放着一些看起来外观破旧的轻便摩托车。

“骑摩托车的旅行一定会很有意思的。”阿加莎愉快地说道。她敏捷而隐秘地将从管家那里借来的手机归还给了他，这部手机一直藏在她那本插图指南的书页之间。接着，她拎起装着正在打盹的沃森的小笼子，说道：“拉里，你觉得怎么样？”

堂哥惊愕地盯着“眼线宝”的屏幕。他张大的嘴里蹦出了只言片语：“这不可能……怎、怎么做到的……之前，的确有个 bug！”

“怎么了？”阿加莎装作若无其事地问道，“难道已经有对手突破了那个关卡？”

“这个对手非比寻常……看样子像是个女孩！网名：夏洛克女士。而根据显示的出生日期，她只有十二岁！”

管家微微扬起眉毛。“跟您一样，阿加莎小姐，”他评论道，“这是多么奇特的巧合啊，您说呢？”

阿加莎向他俏皮地眨了眨眼。“好了，我们赶紧出发吧！骑摩托去米诺斯的宫殿是需要点儿时间的，我不想让姑姑久等！”

罗塞塔约她的客人们在克里特岛最著名的地方——克诺索斯考古遗址会面，她每天都会去那里进行研究，这个地方距离机场只有七公里，位于山丘的顶端。就在肯特先生确保沃森的笼子牢固地绑在了他的摩托车上时，阿加莎已经骑上了堂哥的摩托车后座。

“我竟然被一个十二岁的女孩击败了，真见鬼！”他发动摩托车时嘟囔道。他因失败而如此心烦意乱，以至于他根本没注意到包裹着他们的温暖空气，也没注意到沿路的植物——一排排绿色的橄榄树延绵不断，仿佛营造出了一种永恒的氛围。直到把摩托车停稳，拉里扶着堂妹下车时，似乎才终于意识到自己在哪儿。

“米诺斯国王宫殿，”他念着指示牌上的字，“这个名字好像有点儿耳熟……”

“这是希腊神话中的一个重要人物，”阿加莎解释道，“传说中的克里特岛国王米诺斯命令建筑师代达罗斯建造了一个巨大的迷宫，被称为**米诺陶洛斯迷宫**，用来关押可怕的牛头怪。”

“太棒了！”拉里兴奋地说道，环顾着宫殿的遗址，“所以那些歪歪斜斜的大石头下面就是那个极为著名的迷

米诺陶洛斯迷宫

米诺陶洛斯迷宫是希腊神话中关押牛头人怪物的迷宫。米诺陶洛斯的古希腊语的字面意思为“米诺斯的牛”，是希腊神话中一个著名的半人半牛怪物。

而现实世界中，于 1900 年被发掘的迷宫的真面目，就是克里特文明的克诺索斯王宫。克诺索斯王宫遗址被誉为 20 世纪考古学最伟大的成就之一。

宫的遗迹吗?”

“我很抱歉让你失望，但克诺索斯在很大程度上是由**阿瑟·埃文斯爵士**重建的，他是第一个着手研究这个遗址的考古学家。今天的学者们甚至不再确定这里是否曾经是一

阿瑟·埃文斯爵士

阿瑟·埃文斯爵士（1884—1908）是发掘克诺索斯王宫遗址的重要人物，他是英国著名考古学家，致力于希腊考古。根据有关克里特岛米诺斯王的传说，他提出了米诺斯文明的概念，并证明了米诺斯文明是古希腊历史和爱琴文明的源头。

座宫殿。”

“啊，真遗憾。”拉里轻叹一声，随即他又拿出了他的“眼线宝”，勉强挤出一丝笑容，“那么，你们不介意我再打一局吧？绝不能让那个夏洛克女士轻易得逞！”

阿加莎早就预料到了：就像她对现代科技不太感兴趣一样，她的堂哥厌恶任何存在超过五个月的东西。“那你照看好沃森，我们去见姑姑。”她应允道，然后在肯特先生的护送下向前走去。

拉里蜷缩着身子歪歪斜斜地窝在摩托车上，又开始玩游戏。夏洛克女士已不见踪迹，但那个关卡仍然让他苦不堪言。大约二十分钟后，他因接连失败而气馁，于是决定去探索遗址：也许他那敏锐的目光能够发现米诺陶洛斯迷宫的遗迹呢。他艰难地提着沃森的笼子，有些费力地走到售票处。因为沃森总是时不时地用爪子挠他几下，所以他得让笼子尽量远离自己的小腿。售票员正趁着这个游客稀少的时段读一本面向国际象棋爱好者的杂志。这位年轻的侦探走近售票处，还没来得及买票，就听到有人叫他。

阿加莎和肯特先生正快步沿着主步道返回。

“呃，你们怎么看起来一脸忧虑?”拉里问道。

“我们找不到罗塞塔姑姑，”阿加莎急切地说道，“她没有按照约定出现。”

“她可能只是迟到了吧?”拉里推测道。

肯特先生摇摇头:“我们问了看守人。这里的人都认识她，她每天都会来进行考古研究。看守人很确定他今天根本没有看到她。”

“她的手机也打不通。”阿加莎补充道，带着担忧的语气。随后，管家展示了多次拨出但未接通的电话记录。一时间，大家陷入了沉默，只有蝉鸣声打破了这片空地上的寂静。

“冒昧打扰，你们说的是考古学家米斯特里博士吗?”售票员放下杂志，从一副厚厚的眼镜后面窥视着他们说。

“嗯……是的，她是我们的姑姑，您见过她吗?”拉里问道。

那人没有直接回答，而是弯腰在柜台后面捡起了什么东西，然后说:“我没见到她，不过，我这里有一个包裹要交给你们。”

他刚刚拿起的那个体积庞大的包裹上有一个简单的手写标签，标签上用鲜红的字写着:

万分紧急——

收件人：罗塞塔·米斯特里的侄子

第一章

挑战开始

拉里大吃一惊，手中的猫笼失手滑落到地上，盖子打开了。沃森发出一声响亮的猫叫，抗议着跑了出来。

阿加莎满怀好奇地问售票员：“我能问一下是谁让您递送包裹的吗？”

售票员把眼镜往上推了推，有些不悦：“我也不清楚！今天早上我打开售票处的时候，发现它就放在柜台上。这个售票处本来就小，现在就差变成一个邮政仓库了！”

肯特先生小心翼翼地从柜台上拿起包裹："非常感谢您帮忙保管。"

售票员点了点头："老实说，我本来都打算一会儿把它扔掉了。因为我想着要通知那位考古学家，但她一直没出现。"

"我们本来也应该在这里见到她……"拉里证实道。

"也许她在忙着新的研究吧，"售票员耸耸肩思忖着说，接着又埋头读起了他的杂志，最后丢下一句话，"毕竟，众所周知：一切都在流动，没有什么是静止的。"

在阿加莎的示意下，肯特先生抱着这个神秘的包裹走出了售票处。当他们避开少数的游客，越过古遗址的残垣断壁，躲到一个隐蔽的树阴下时，他才将包裹递给了拉里。

拉里立即拆开包裹："姑姑肯定给我留了什么信息，我记得她是个不同寻常的人。"

阿加莎摇了摇头，仿佛从她那惊人的"记忆匣子"

里取出了什么。“这不是她的笔迹，”她解释道，“罗塞塔姑姑邀请我们来这里时给我寄了一封手写的信，与这个标签上的字迹并不一样。这个包裹是别人的。”

此时，拉里惊叫道：“什么，这是在开玩笑吗？”

包裹里面空空如也——或者更准确地说，包裹内部塞满了包装纸。拉里一张张地拿出那些纸，却什么也没找到。他耸了耸肩，正要把所有东西都扔进最近的垃圾桶时，阿加莎拦住了他：“等等！我在底部看到了什么东西!”

那是一行字，用与标签上相同的红色墨水写着：

罗塞塔逃脱

就在那一刻，所有人都被吓了一大跳。

一个极其尖锐刺耳的铃声从拉里的裤子口袋传来，不禁让所有人都下意识地捂住了耳朵。

在这个噪声快要停下来的时候，取而代之的是沃森不安的猫叫声，它惊恐地在它的女主人脚边转来转去。阿加莎轻抚它，以安抚它的情绪，这时拉里则从口袋里掏出了“眼线宝”。他刚一把它握在手中，一个生硬而响亮的声音便清晰地宣告道：“逃脱时间十二小时。”

拉里猛地一惊，手中的设备掉落在地，滚入了草丛中。沃森立刻跳起来追赶，用爪子精准地将它拨回阿加莎身边。

阿加莎捡起“眼线宝”，拍掉上面的灰尘，皱着眉头仔细查看：“从什么时候起，‘眼线宝’会说话了？”

拉里摆出一副老练侦探的样子：“这可能是由我们机构的程序员开发的新功能，是那种可以回答问题的人工智能软件。”随即，他又低声喃喃自语道：“UM60本来可以告知我的！”

阿加莎若有所思。在听到堂哥提到他们的侦察实践课教授时，她建议道：“也许你最好打个电话给你的老师。这件事非常奇怪。”

“眼线宝”的屏幕上出现了一条闪烁的信息，上方还有一个倒计时：*罗塞塔逃脱——11:58:00*。

“见鬼……这和包裹上的词儿一模一样！”拉里惊讶地说道。他按下呼叫教授的按钮，但设备突然卡住了，并发出了恼人的嗡嗡声。片刻之后，屏幕上出现了一行字：尝试放弃游戏——罚时扣除六十分钟。

紧接着，那个生硬而响亮的声音宣告："逃脱时间还剩十小时五十七分钟。"同时，"眼线宝"屏幕上的倒计时更新了。

拉里一头雾水："这是个什么恶作剧？"

肯特先生严肃地说道："一定是有人黑进了你的'眼线宝'。"

"这不可能！即使是全世界最狡猾的网络犯罪分子也无法绕过我们机构的安全系统！"拉里坚决地摇着头说。"侦探眼"的系统是世界上最为先进、安全系数最高的系统之一，只有最高级别的侦探才知道其中的秘密。"我明白了！"他接着说道，"这一定是一次突击演练。没错，就是这样！"

拉里为自己的直觉感到骄傲，他一手叉腰摆出了一副得意的姿势："他们以为能弄我个措手不及，但 LM14 探员可不是菜鸟！"

“你是说这是个考试？有可能……”阿加莎喃喃说道，但她的眼中闪过一丝疑虑。

拉里自信满满地再次低头看向“眼线宝”的显示屏：“现在屏幕上出现了三个按钮：游戏、寻求建议、输入答案。我们试试寻求建议……”

当他点击“寻求建议”按钮时，屏幕上出现了：无可用提示——罚时扣除三十分钟。

紧接着，这个钛合金设备生硬而坚定的声音再次响起：“逃脱时间还剩十小时二十三分钟。”

“哦，真无聊！看来我只能玩游戏了。”拉里抱怨着，按下了“游戏”按钮。

屏幕上出现：

谜题 1:

13457 埃文斯披风下的月光

“呃，一个简单的谜语……真不知道我在期待什么！

‘侦探眼’本来可以更用心一点儿。”年轻的侦探失望地评论道。

就在这时，一阵来自北方的轻风吹起了地上的一张纸，纸片飘到拉里的脚边。那是一张面包店的广告，广告上展示着撒了芝麻、涂了蜂蜜的诱人甜点。

拉里的胃里早已空空如也，在伦敦吃的早餐里的鸡蛋和培根现在已经成为遥远的记忆。“现在，我们可以放松一下……去吃点儿东西。”他建议道。

“我觉得这不是个好主意。”阿加莎回应道，“我们最好还是别浪费时间，专心解开这个谜题吧。”

拉里惊讶地看着她：“你在担心什么？显然这是‘侦探眼’搞出来的一次演练，一种突击测验之类的玩意儿……而且我现在有大把的时间来解开那些教授们编的无聊谜题。这简直是小菜一碟！”

“你所谓的‘游戏’里有些地方不对劲。”阿加莎严肃地回应道。她的直觉告诉她，事情并不像表面上看起来那么简单，或者不像她的堂哥所相信的那样。“想想看，无论是罗塞塔姑姑的失踪还是那个神秘包裹，如果真的是‘侦探眼’策划的演练，那么他们就必须事先和姑姑商量好。但是，他们真的会为了一次简单的演练，就冒着泄露机密的风险，随便向一个普通人透露秘密信息吗？更不用说，封锁‘眼线宝’的功能会带来多少负面影响：首先，这意味着一名准特工无法被联系上，甚至会断联长达十二个小时……这可是违反规定的。”

“哎呀，你太操心了，阿加莎！”拉里轻描淡写地说道，“我知道我的教授们不是特别喜欢开玩笑的人，但你认为是谁策划了这一切呢？一个热衷于猜谜的罪犯吗？我还是觉得我们先去吃点儿东西，稍后再解决这个问题！”

就在这时，趁着他们交谈的时间去买食物的肯特先生，又出现在了石头小路上。他卷起了燕尾服的裤脚以免沾上太多灰尘，胳膊上挂着一袋冰镇饮料，手里拿着几大卷纸包的食物。扑鼻而来的肉香、油炸味和大蒜味，让拉里那早已饥肠辘辘的肚子咕噜咕噜叫了起来……

“我想，先帮你们解决吃饭的问题，会让你们更轻松愉快些。我让他们在希腊烤肉卷饼里面加了蔬菜和两种肉。”管家一边解释着，一边把食物递给孩子们，“当然，还放了足够多的酸奶黄瓜酱。”

“啥？”拉里困惑地看着那淋着白色酱汁的卷饼问道。

“这是典型的希腊调味料，以酸奶、大蒜和黄瓜为主要原料。”阿加莎心不在焉地回答道，拿起卷饼开始吃起来，而沃森则满怀希望地用爪子轻轻拍打着她的腿，乞求能分到一点儿。

拉里正打算坐在一块被阳光晒热的石头上吃，但被阿加莎拦住了：“我们回到遗址里面去吧。谜题的答案就在那儿。”

“好吧，好吧！至少你也相信这只是个游戏。但是等一下……你为什么说答案在遗址里?”

“埃文斯肯定指的是阿瑟·埃文斯爵士，那位让克诺索斯宫殿声名远扬的考古学家。”阿加莎回答道。

“好吧，那他的披风是什么？还有那月光又是什么意思？那一连串数字呢？”

“我有一个大致的想法，但需要去验证一下。”阿加莎说完，就毫不犹豫地朝古老的宫殿走去。

第二章

披风之下

阿加莎有很多兴趣爱好，其中对书籍有着最大的热情。她梦想着有朝一日能成为一名伟大的侦探小说家，在此期间，她一直在训练自己的直觉、洞察力和好奇心——一名侦探小说家所需的重要品质。因此，每当她从宁静的伦敦庄园——米斯特里家——出发前往任何目的地时，她总是在她那非凡记忆力的帮助下，深入研究那个地方的历史、特征和奥秘。这就是她对克诺索斯考古遗址的相关情况了如指掌的原因。

然而，尽管做了充分的准备，阿加莎也知道，总还是会有新的东西需要学习。想要发现那些书本和导游所遗漏的细节，只有身临其境，沉浸在当地，嗅闻那里的气息，与一直生活在那里的人们交谈。比如此刻，她正和埃莱妮——一位年轻的希腊导游——一起在遗址中探寻。

“我们现在所处的地方，是整个米诺斯文明中保存最完好、规模最大的聚居地。”埃莱妮开始讲解起来。拉里一脸傻乎乎地盯着她看。虽说一开始他还对要听这些关于古老巨石的详细讲解而颇有怨言，但当他看到那位肤色金黄、鬈发浓密，正微笑着等着带领他们进行阿加莎要求的个性化游览的美丽的埃莱妮时，所有的抵触情绪瞬间都土崩瓦解了。

阿加莎对“眼线宝”的谜题已经有了模糊的答案，她希望这次探索能印证自己的猜想。

当他们走进那座破败的宫殿时，埃莱妮继续说道：“米诺斯文明于公元前两千五百年左右在克里特岛兴盛

起来，不仅创造了许多精美的艺术品，还建造了宏伟的宫殿，就像这里曾经的样子。然而，那个时代的所有文字记载对学者们来说都是一项挑战，因为至今还没有人能完全解读它们。”

千年的时光只给华丽的宫殿留下了宽大的石块，这些石块构成了部分的墙壁和不完整的结构。

“那么，这里到底是不是米诺斯的宫殿呢?”拉里困惑地问道。

导游微笑着说:“这曾是英国考古学家阿瑟·埃文斯爵士的假设，他是上个世纪初在克里特岛进行深入挖掘的第一人。但今天我们知道，埃文斯受到了太多先入为主的观念影响。他将宫殿的复杂平面图解读为传说中的迷宫，并按照白金汉宫的风格想象它的结构，甚至还包括国王和王后的私人套房、更衣室和卫生间……”

“这真是一幅超级壁画!”拉里经过一处装饰着色彩鲜艳的游行人物的地方时评论道。

“这也是埃文斯的作品。”导游解释道，“这是基于少量原始碎片而重建的，被称为‘**百合花王子**’。埃文斯用复制品替换了遗址中的所有艺术作品。”

百合花王子

1900 年，埃文斯在发掘克诺索斯王宫遗址时发现了一幅壁画，壁画颜色历久弥新，描绘的是一位黑发男性青年在百合花丛中举止优雅地漫步。世人诗意地把他称作“百合花王子”。

“那些原作现在在伊拉克利翁考古博物馆，对吧?”阿加莎问道。

导游点点头并补充道:“这种做法在今天饱受诟病，这位英国考古学家的许多干预措施也是一样，包括大量强制性的复原重建，以及在修复时使用水泥做覆盖层。”她一边说，一边带领他们走向一片宽阔的铺砌场地，“我们现在来到了宫殿的主庭院，也许这里曾是用来举行宗教仪式的场所。从这里我们可以进入王座厅……”

当其他人跟着向导游览时，阿加莎在庭院里稍作停留。她的目光从遗址的那些巨大的浅色石头移向远处的山峦，山峦那仿佛画在淡蓝色的天空上的深绿色的轮廓，似乎正准备变成日落时的粉红色。此刻，她对自己最初的假设已经很确定了，但还需要一些细节来验证。

“您还好吧，阿加莎小姐?”肯特先生问道，他注意到阿加莎落在了后面。

“是的。”阿加莎回答道，急忙跟上管家，去追上其他人，他们此刻已经到了另一个区域。拉里的声音盖过了剩下为数不多的游客的低语声——遗址马上就要关门了。

“做导游真是一份很有趣的工作，埃莱妮。你知道吗，我的工作也相当迷人，不过我现在还不能告诉你是什么……”

在拉里向导游炫耀时，阿加莎打断了他的自吹自擂，直接问道:“在挖掘之前，这座宫殿原先的主要材质是什么?”

埃莱妮完全无视拉里那自认为不可抗拒的目光，而是满怀热情地回答着阿加莎的问题:“很高兴你问我这个问题！你要知道，这座宫殿有一种捕获和反射光线的特殊能力，这归功于它的建筑材料，一种叫作**月光石**的石膏。当前的修复工作正尝试在可能的情况下，利用激光新技术，将这种效果重新展现出来，使宫殿能恢复到它原来的样子。”

阿加莎默默地点了点头。

月光石

月光石就是透石膏(selenite)，是一种美丽且用途广泛的矿物，属于石膏矿物家族。它由水合硫酸钙组成，以其透明至半透明的外观而闻名，在光线下会呈现类似于月亮的光芒。

“现在，到了王后大厅，我们的参观就到此结束了。”导游总结道，“但如果你们还有其他问题……”

“你的电话号码?”拉里大胆地问道。

女孩头向后仰，发出爽朗的笑声：“有人说英国人不幽默，但你可真是个爱开玩笑的人!”

然后她眨了眨眼，便告辞离开了。

“我很满意。”阿加莎评论道，目光落在从他们所在

位置可以看到的门上方所绘的蓝色海豚壁画上。

“你真幸运……我可是一无所获。”拉里有些垂头丧气地说。

肯特先生清了清嗓子说道：“我猜阿加莎小姐指的是谜题的答案，对吗?”

“正是如此。很明显，埃文斯的‘披风’实际上指的是他用来覆盖宫殿原始材料的水泥，而这些原始材料具有一种天然的光泽，这种光泽可以被描述为‘月光’，因为月亮在希腊语中叫‘Selene’。所以，‘埃文斯披风下的月光’就是……”

“月光石！Selenite！”拉里脱口而出。

阿加莎笑着说：“这么说你也明白了这个谜语指的是月光石。那么关于开头的那些数字……”

“13457。这很明显！”拉里自信地说道，然后在“眼线宝”上按下了“输入答案”的按钮。屏幕上出现了五个空格。

“我敢打赌，这些数字对应的是单词‘selenite’中相应位置的字母，这是最经典的谜题类型之一。‘1’对应的是首字母‘S’，‘3’是‘L’，以此类推……”

一边说着这些，这位准侦探输入了“SLENT”。

但“眼线宝”发出了一声嗡鸣，并在屏幕上显示出：答案错误——罚时扣除六十分钟。

那熟悉的生硬而坚定的声音宣布：“逃脱时间还剩八小时十六分钟。”

拉里脸色变得苍白：“怎么可能……难道不是‘selenite’吗?!”

“或者就是这个答案，但有可能是用另一种写法……”阿加莎思索道。

“也许是希腊语?”拉里猜测。

“我觉得不是希腊语。显然，这个谜题是专门为我们设计的，而且到目前为止，所有的信息都是用英语传达的。月光石……肯特先生，能再借我用一下手机吗?”

阿加莎做了一次简短的搜索。

“我们试试月光石的化学成分：$CaSO_4 \cdot 2H_2O$。如果我们使用之前同样的方法，每个数字对应相应位置的字母或符号，那你就需要输入‘CSO4H’。”

拉里有些迟疑地输入了答案。

“眼线宝”发出了一声熟悉的嗡鸣，但片刻之后，屏幕上显示出“答案正确”的字样。

接着，不等拉里做出任何动作，那个生硬而坚定的声音再度响起：“正在拨出电话。”

电话在第二声铃响时接通了。电话那头传来一个微弱的女性声音，带着些许的颤抖和不安：“喂，喂？是谁？你们能帮帮我吗?”

阿加莎和拉里对视了一下，满脸震惊。那是罗塞塔姑姑的声音……她正处于危险之中！

第三章

向拉里提问

拉里和阿加莎紧紧围在“眼线宝”周围，而肯特先生则用他魁梧的身材为他们挡住了在王后大厅里逗留的最后三个游客的视线。

自动拨出的电话处于免提模式。阿加莎带着焦虑的语气问道：“罗塞塔姑姑，您还好吗？”

片刻的沉默后，罗塞塔惊讶的声音传来：“阿加莎？真的是你吗？怎么可能？”

“是的，姑姑。是我。拉里也在这里。我们按照约定，三个多小时前就到达了克诺索斯宫殿。您那边一切都好吗?”

“是的，我很好，亲爱的，虽然……说出来你可能不信，但我不知道我自己在哪儿！今天早上我记得开车到了克诺索斯，像往常一样把车停在遗址外的停车场，然后……我就什么都不记得了，一切都变得模糊。我可能是晕倒了，或者发生了什么类似的事，等我醒来时发现自己在一个奇怪的地方，四周黑漆漆的，就我一个人，我的包不见了，我也没有任何办法可以和外界联系。”

罗塞塔的声音似乎来自一个非常遥远的地方。背景中有轻微的嗡嗡声，让人感觉这通电话的信号是如此微弱，以至于随时可能中断。

“我只在地上找到了这部旧电话，但我既无法用它打给任何人，也没办法把它当作手电筒之类的东西用。”罗塞塔有些激动地继续说道，“我还以为它就是个玩具，直到它突然响起来，是你打来的电话！你是怎么找到我的?”

阿加莎和拉里交换了一个眼神。这位年轻的侦探学员开口说道:“实际上,是我的‘眼线宝’找到您的,姑姑!”

“就是你总是带在身上的那个侦探设备?这是怎么回事?”

“嗯,我想这可能是我的学校为侦探们组织的一种测试……”拉里解释道。阿加莎注意到,她的堂哥在提出“侦探眼”为了测试他的各项能力而建构了这场演练的理论时,语气里已经没有最初的那种坚定自信了。

“居然是这样!要说像我这样一生都在试图破译古代铭文的人,应该已经习惯了各种谜题……但像今天这样奇特的情况还是头一遭!”罗塞塔姑姑带着一丝紧张的笑声说道。

尽管罗塞塔姑姑努力保持镇定并试图一笑置之,但她的话语中还是明显透出一丝恐慌。尽管她拥有着学者的谨慎和耐心,但突然没有任何解释地被困在一个黑暗而未知的地方，对她来说仍是一个巨大的挑战。

阿加莎试图安慰她："无论发生了什么，姑姑，现在我们已经取得了联系，您不要着急，我们很快就能找到您。您能描述一下周围的环境吗?"

"什么都看不见！我什么都看不见……除了……"

通讯突然中断了一会儿。然后，罗塞塔姑姑的声音再次传来。

"亲爱的，你们还在吗?"

"我们在，您刚才说到哪里了？"阿加莎急切地问道。

"我能看到一些红色的数字，就在我面前。看起来像是一个计时器。"

"七，四十七，十三?"阿加莎问道。

"是的。实际上，现在是十二……不，十一。"罗塞塔姑姑回答。

阿加莎点了点头，正如她想象的那样，罗塞塔面前的倒计时与"眼线宝"显示器上的倒计时一致。

“姑姑，您能试着用手摸索一下周围的环境吗？这可以帮助我们收集一些线索，好弄清楚您在哪里。”

“好的。我把电话放在地上，摸索完就回来和你们说。”

拉里脸色苍白，显得非常不安。在他们等待的时候，阿加莎则再次望向他们头顶上方的海豚壁画，海豚在落日的金色余晖中闪闪发光。那简单而明亮的美丽与姑姑声音中传来的深邃黑暗形成了强烈的对比，显得很不真实。

几分钟后，罗塞塔姑姑重新拿起了电话："嗯，我在一个挺小的房间里，墙壁很光滑，没有拐角。我想我还找到了门，但它被堵住了。这些数字似乎是在一个固定的金属盒子上。我感觉还有一些电线从盒子里伸出来。"

"一个炸弹。"拉里低声说道。从罗塞塔姑姑那不自然的语气来看，显然她也意识到了这一点。

"孩子们，我要从这儿出去！帮帮我！"罗塞塔姑姑再也无法掩饰内心愈发强烈的不安，喊了出来。

阿加莎果断地回应："我们会救您出来的，姑姑，不要担心。"就在那一刻，通讯突然中断，"眼线宝"发出了那个熟悉的莫名其妙的嗡鸣声。

"你说得对，"拉里眼神惊恐地盯着阿加莎说，"'侦探眼’不会走到这一步。这根本不是一场演练。有人盯上了姑姑……并且把她绑架了！”

“也许我们应该通知当局。”肯特先生一脸担忧地建议道。

阿加莎若有所思地叹了口气：“一旦报警，我们就必须把‘眼线宝’交给他们，但这违反了‘侦探眼’的规定。更重要的是，警察赶到这里、收集所有线索并展开调查需要很长时间，而根据倒计时上的显示，我们的时间已经不多了。”

“各位，我们快关门了！”就在这时，宫殿的看守人走过来高声宣布。正是他们到达时向他询问过罗塞塔姑姑下落的那位。此时，王后大厅里已经没有其他人了。

阿加莎他们几个人向出口走去。

“我认为最好的办法是保持专注，继续这场游戏。很明显，只有我们才掌握着解救罗塞塔姑姑的关键，而这个关键就在‘眼线宝’里。”阿加莎走到大门前说道，指着拉里手中那个仿佛烫手山芋的设备。他皱着眉头盯着屏幕，屏幕上刚刚出现了一个奇怪的界面。

“拉里，你按了什么吗?”她问。

“没有！今天什么都是这个破玩意儿它自己瞎折腾的!”拉里愤愤不平地说道。平时，他总为这个随身携带的钛合金设备感到自豪，因为它让拉里觉得自己像个了不起的大侦探。但此刻，“眼线宝”只是在不断抛出充满威胁又晦涩难懂的挑战。

阿加莎指着屏幕对他说：“看，这屏幕被分成了九个小窗口，每个窗口都有一张特写照片和一个简短的说明。”

“这看起来像是……‘侦探眼’的犯罪档案！不过，他们平时让我查阅的档案里只有普通罪犯，而这里却有一些传奇人物的名字……亨里希·索瑟曼……伊波利托·因科尼托……莱蒂蒂亚·米努斯……”

“这里还列出了他们擅长的犯罪类型。”阿加莎注意到。在档案下方，确实写着“莱蒂蒂亚·米努斯——身份窃贼”，“亨里希·索瑟曼——伪造专家”。当她的目光

快速浏览着这些信息时，突然，一个弹窗在屏幕上弹了出来。

机密问题 1：

LM14 的幸运内裤是什么颜色？

拉里脸红得像煮熟的虾：“这是什么……这是什么怪问题?!”

肯特先生扬起一条眉毛，评论道：“看起来还真有人用这么一个我得说……很不得体的问题来捉弄您呢，拉里少爷。”

拉里气得交叉双臂，愤怒地喊道：“这真是太荒唐了。我根本不打算向任何人解释我的内裤是什么样子的！”

他的嗓门儿太高，以至于这时正慢悠悠往外走的那对优雅的老年游客，把他的抗议听得一清二楚。那位女士摇了摇她完美的鬈发，咕哝道：“如今的这些年轻人……即使在这样一个有着千年历史的地方，也能谈论这些不堪入耳的事情!”

拉里尴尬得勉强给自己找了个极为蹩脚的借口。

阿加莎打断了他：“拉里，现在是时候说实话了。你到底有没有一条幸运内裤?”

“嗯，那个……其实，我是有的……但是我拒绝把它写出来，这会伤害一个侦探的尊严!”

“但我觉得你没有选择。快说实话：是黑色的，白色的，还是蓝色的?”

这位准作家的眼中闪烁着一丝善意的调皮。

拉里哼了一声，他知道在这种情况下自己躲不过去的，于是迅速输入：带紫色花纹的黄色内裤。

阿加莎露出一丝狡黠的微笑，但很快她的笑容就僵住了。屏幕上的窗口闪烁了一下，然后取而代之的是一行字：安全级别 1 已解锁。

“至少这次的谜题还挺简单的。”拉里嘟囔着，既松了口气，又有些懊恼。

然而阿加莎注意到了一个细节：背景中的那九个犯罪档案卡片变得稍微模糊了一些，然后突然消失，取而代之的是带有常规按键的灰色屏幕，屏幕上方还有倒计时。

“游戏还没结束。”拉里叹了口气，按下“继续”按钮，“这次又会问我什么？戈弗雷爷爷最喜欢的领结的颜色吗?”

然而，屏幕上并没有出现一个问题，而是显示出一个图形。

“我认出来了！”拉里立刻喊道，“这是克诺索斯宫的一部分!”

“你说得对。这看起来像是北入口，有三根红色的柱子。这是宫殿的标志性图像。”阿加莎评论道，“这可能意味着什么?”

“阿加莎，不是我吹牛，但我的观察能力这会儿可比你强哦！你没看到图像上方有一个相机取景器吗？这显然意味着我们要回到那里，把那些柱子拍摄下来。这程序会识别那个场景，然后给我们答案！”

阿加莎摸了摸鼻子：“也许你说的这个机制是对的，但有些地方不对劲。你再仔细看看这张图像。”

拉里更仔细地检查了图像。然而，几秒钟后，他摇了摇头说：“我觉得一切都没问题啊。”

“壁画不见了！”阿加莎喘着气说，“宫殿的那部分装饰是‘公牛冲锋’。当然，是在重建中……”

“埃文斯的重建，”拉里叹了口气补充道，“你说得对，但我不明白。这个线索没道理啊！为什么要给我们展示一个错误的宫殿细节？”

“也许这是一条不完整的线索……”阿加莎喃喃自语。她用手指轻轻划过图像，图像上闪现出一行字：

谜题 2:

在梅塞施密特的肚子里

这个名字在她的脑海中回响了片刻，然后与她不久前阅读克里特岛指南时储存在记忆中的一条信息联系了起来。

“我知道我们该去哪里了。希望这个时间还有潜水设备可以用。”她大声说道。

第四章

战争回忆

太阳现在已经落山，拉里的小摩托车前灯发出的微弱光束勉强能照亮向西行驶的路。拉里骑着车，阿加莎紧紧搂着他的腰。尽管已是傍晚，他们仍然能感受到温和的空气，地中海灌木丛的浓烈香气和不远处大海的气味交织在空中。他们的美好假期被一个神秘的敌人毁了，他劫持了罗塞塔姑姑，并把她关在某个地方，还利用拉里的侦探设备，不断地提出一个又一个令人难堪的问题。关于内裤那事儿，拉里可真是耿耿于怀。而阿加莎在独自破解谜题，并向拉里和肯特先生透露了新目的地后，就陷入了沉思之中。

“停在这里！”阿加莎突然从后座上喊道。他们正要经过一栋低矮的白色建筑，借着一盏小灯的微弱光线，勉强能看清建筑上的招牌：潜水中心。

“哦，不，他们已经关门了！”阿加莎失望地说道。

拉里站在她面前：“你能解释一下我们为什么来这里吗?”

“为了破解那个谜题。”

“在‘梅塞施密特’的肚子里，”拉里回忆道，“这个‘梅塞施密特’是谁？他和一个潜水中心有什么关系?”

肯特先生抱着沃森从小摩托车上下来，朝拉里走去。这一次，是他来解释：“‘梅塞施密特’不是指某个人，而是某种东西。如果我在这个方面的知识还没有太生疏的话，它是第二次世界大战期间德国空军最常用的战斗机。”

“正是这样！”阿加莎确认道。

“什么?!我们现在到哪儿可以找到一架战斗机?”拉里惊讶地问道。

阿加莎伸手指向潜水中心后方的海面。

“在那边。我在旅游指南上读到，在克里特岛的海底有许多残骸，‘梅塞施密特 Bf-109’，就应该在这片海湾。”

“你的意思是说，要解开这个谜题，我们得去潜水?”

阿加莎失望地说:“是的，但不巧的是，这个潜水中心已经关门了，我不知道这么晚了还能在哪儿找到潜水设备。根据倒计时，现在离游戏结束只剩下五个半小时了。”

“如果是这样的话，我们一定得找到办法进行这次潜水!”

拉里毅然走向潜水中心的门，开始用拳头猛击:“开门!情况紧急!”

“你想把门砸开吗，小子?”一个粗哑的声音响起。

拉里吓了一跳：一个肌肉发达的男人从建筑旁的树影中走出来，他只穿着泳裤，身上还滴着水。看来，他是潜水中心的老板，刚刚游夜泳回来。

“我们需要一艘橡皮艇和潜水设备。”拉里急切地解释道。

“而我需要一个蓝眼睛的女朋友。”男人泰然自若

地回答道，然后抓起挂在两棵树之间晾衣绳上的毛巾，开始擦拭他那一头斑白的乱发，就像什么事都没有发生一样。

拉里无言以对："呃……什么?"

"我们已经关门了，"男人用毛巾擦了擦他那短短的白胡子说道，"你们明天早上再来吧，但不要早于九点半。"

这家伙显然不像大多数希腊人那样热情好客。

阿加莎上前说道："事实上，这确实是紧急情况。我们必须探索那架'梅塞施密特'的残骸。您能不能把所需的装备借给我们?"

面对他露出的疑惑神情，肯特先生补充道："我们可以支付双倍的费用。"

他盯着这奇怪的三人组，最后说道："好吧。但我得跟你们一起去。我绝不会在没有验证你们能力的情况下就把设备交给你们，尤其是夜潜。"然后他转身消失在潜水中心里，时间像是凝固了一样，他好久都没有出来。

“但是……他到底搞明白没有，我们是现在就要去潜水?”拉里问道。这时，那人猛地打开了门。他已经穿上了一件 T 恤，随身带着一个装满潜水服和氧气瓶的运动包。

“橡皮艇停在后面。我们有一个半小时，然后我就要去吃晚饭，另外，猫必须留在这里。”他坚决地指着沃森补充道。

肯特先生把猫笼递给拉里，拉里打开笼门:“来吧，进去，快点儿……”

沃森不屑地看了他一眼。

拉里试图把它推进去，但只得到了一声嘶叫和锋利的一爪子。

“让我来吧。”阿加莎笑着说。她从包里拿出一罐金枪鱼罐头，打开后放进了猫笼。沃森立刻扑了进去。

“乖，小家伙。我保证我们很快就会回来的。”阿加莎安慰它道，然后关上笼门，把它放在晾衣绳旁的一棵树下。

潜水教练自我介绍道:“我是科斯塔斯。我们走吧。”

拉里正想说出自己的名字，但对方已经走开了。他只好小跑着跟上。

就在潜水中心的后面，有一个木质的小码头伸向海湾。拉里咽了口唾沫：在白天看起来温馨的湛蓝闪亮的大海，现在却躺在黑暗中翻腾，发出有节奏且令人不安的巨大声响。

“你完全确定谜题的答案就在那下面，对吧，阿加莎?”拉里低声问道。

“很有可能。在‘梅塞施密特’的肚子里，也就是那架飞机的残骸里，应该有与克诺索斯宫相关的线索。”阿加莎平静地回答，同时走向科斯塔斯的小橡皮艇。科斯塔斯帮助他们上船并启动了引擎。

“残骸就在离这里几分钟航程的地方，约二十米深。”他解释道，“你们抓紧了，我想尽快弄完!”

阿加莎抬起头仰望星空，咸咸的海风吹乱了她的头发。她能清楚地辨认出至少五个星座。但他们要寻找的东西不在那些光芒闪烁的方向，而是在黑暗的深渊之中。

“小姐，这件小一些的潜水服应该适合你。”肯特先生递给她潜水服时说道。管家已经换好了衣服，勉强挤进了一件对他那庞大身躯来说有点儿紧的潜水服。

“我们到了。”科斯塔斯终于说道，他放慢了速度，

关闭了引擎，并抛下了锚，“我之前已经检查过所有装备，包括你们的手电筒，所以放心吧。一旦你们准备好了，就可以开始下潜了。”

“等……等一下。”拉里嘟囔着，他正拼命想穿上紧身的潜水服，“我穿不进去这玩意儿！”

科斯塔斯笑了笑，扔给他一块肥皂：“涂点儿这个，小子。我们可没一整晚的时间！”

终于，这位年轻的侦探也准备好了，他跳入了水中，顺着手电筒的光束，用脚蹼划了几下，追上了已经下潜了几分钟的肯特先生和阿加莎。

科斯塔斯把他们带到了正确的地方：那架老战斗机像一只受伤的鸟一样躺在海底，机身和部分机翼仍然保持完好。真是一幅迷人的景象。

阿加莎用手臂指向机舱：线索应该就在里面。拉里迅速向前，探头查看飞机残骸。要把残骸碎片和海藻区分开来可不容易，因为海藻此时已经与金属外壳融为一体了。拉里盯着飞机的残骸，不确定该寻找什么，直到阿加莎的手电筒光束照在他脸上。他抬起头，正准备用手势抗议，但阿加莎却一个劲儿地把手电筒光束指向飞机的一个角落。那下面透出了一点儿微光。拉里顺着阿加莎的指示靠过去，伸出戴着手套的手，抓住了一个东西。

他朝阿加莎竖起大拇指，示意返回橡皮艇。然后他迅速从残骸中撤出，但突然他的右脚蹼绊住了他。他被什么东西缠住了！拉里开始扭动身体，试图解脱，但似乎并没有会挣脱的迹象。就在这位年轻侦探感到一阵恐慌时，肯特先生高大的身影出现在了他的身旁。管家从绑在小腿上的刀鞘中抽出刀，用一个干净利落的动作切断了困住拉里的旧渔网。拉里如释重负地浮上水面，手里紧紧握着他的战利品。

在橡皮艇上，阿加莎、拉里和肯特先生默默无言。科斯塔斯递给他们几条大毛巾，让他们裹上，并调侃道：“怎么样，你们完成任务了吗？我还从没见过有人这么急着去看看那架旧‘梅塞施密特’！”

“实际上，任务已经完成了。”拉里回答道，他向黑暗的地平线投去了一个骄傲的微笑。他得意洋洋地紧握着那个他在海底找到的战利品：一个克诺索斯宫北入口样子的钥匙扣，上面挂着一把小钥匙。钥匙扣还连着一个小手电筒，应该是他们的对手把它点亮并留在深海中的。

回到岸上，在肯特先生支付潜水费用时，阿加莎解放了沃森，拉里则检查了他找到的物品：它似乎与“眼线宝”屏幕上显示的轮廓完全吻合。拉里偷偷用钛合金设备对准它拍摄：正如他所料的那样，一个识别程序将物品轮廓与屏幕上的图像重叠，并进行了分析，几秒钟后，屏幕上显示出“答案正确”的字样。

离成功救出罗塞塔姑姑又近了一步，但是现在，年轻的侦探们只剩下四小时四十分钟了。

第五章

游戏继续

又冷又饿的拉里一屁股坐在一张简陋的木凳上，发出了满足的叹息。科斯塔斯推荐的这家小酒馆，就在潜水中心几十米之外，温暖而舒适，而且餐桌之间的距离足够大，让他们可以毫无顾忌地交谈，而不用担心被人偷听。在经历了爱琴海那片黑暗深处的潜水之后，这位初出茅庐的侦探此刻只渴望吃上一顿丰盛的热饭。说实话，他也不会拒绝一张柔软的床来歇歇，毕竟这奇怪的一天已经让他感到疲惫不堪，眼皮沉重，思维迟钝。但他立刻把这个念头从脑海中赶走了：他可不能为了打个盹而把整个任务都搞砸了。他会只填饱肚子，然后迎接下一个挑战。

肯特先生起身去洗手间，而拉里则在看菜单。看了半天之后，他无奈地把菜单放下：上面全是希腊文，而那些字符对他疲惫的眼睛来说简直是天书。坐在他旁边的阿加莎也帮不上忙，她比以往任何时候都更加清醒和警觉，似乎完全无视餐厅的氛围，眼睛一刻不离地盯着因电子干扰而不断闪烁的“眼线宝”显示器。

当只懂几句简单英语的年迈服务员走过来时，拉里只能自己应付，结果他几乎点了菜单上的所有菜品。

“我在想，我们找到的这个线索到底有什么用。如果有一把钥匙，那在某个地方就应该有一把锁。”阿加莎若有所思地自言自语，目光仍然集中在依旧静默的屏幕上。这时，服务员开始端上第一批餐盘和两瓶希腊葡萄酒，而拉里完全没有意识到自己点了这些酒。

肯特先生终于回到了桌前。“我刚才耽搁了一会儿，去察看了一下天气状况，”他说道，“看起来有一场风暴要来了。希望我们不需要走很远的路。”

“这可能会是个问题，”阿加莎承认道，“这取决于我们的神秘对手会告诉我们什么……”

即使是服务员放在他们桌上的那道浓香四溢的希腊特色菜——茄子千层面，也没有分散她的注意力——旁边还有一盘放了番茄和奶酪的烤面包片。

“看！”就在拉里把叉子插入自己盘中那丰盛的美食的一瞬，阿加莎突然叫道，“有情况了！”

在钛合金设备的显示屏上，“侦探眼”的犯罪档案界面再次出现，显示着他们在上一关卡中已经见过的九个“最有才华”的通缉犯的档案。

“它们变得有点儿模糊了。”阿加莎仔细看着说道，这时一个小窗口在前景中弹出来。阿加莎大声读出了内容。

机密问题 2：

那个对 LM14 说“我才不想和一个身上有奶酪薯片味道的人做朋友”的小女孩是在小学的哪个班级？

拉里听到后，猛地喷出了一口茄子千层面，溅得到处都是。

“什么?!”

肯特先生忍住了笑。

“只能说，这个游戏的设计者确实很了解你。”

“我受够了这荒唐的事情！那家伙以为他是谁？等我抓到他，我要把他打得落花流水！”拉里愤怒地挥舞着手臂，结果把面包篮打翻了，勤快的服务员立刻把它捡了起来。

“我对此表示怀疑。”

“为什么?”拉里恼火地问。

“很简单：因为这些问题不是由一个有血有肉的人提出来的。”阿加莎回答道。

“我看是一个鬼魂吧!”年轻的侦探脸色阴沉地抱怨道，再次用叉子戳向食物。

阿加莎摇了摇头：“我不认为我们在对付鬼魂，而是在对付人工智能。就像‘眼线宝’，它能跟踪你的一举一动，还知道关于你的所有信息，甚至是最私密的事情！你不是告诉过我，当他们把‘眼线宝’给你时，你不得不透露大量个人详细信息，一步一步按照程序来激活设备与用户之间的关联吗?”

拉里的眼神变得专注起来。阿加莎凭借她出色的直觉，似乎指出了这个奇怪游戏的关键。

“你说得对！我差点儿忘了，我确实在‘眼线宝’中输入了大量……私人信息。不过，它们应该保存在设备的档案中，用于构建我的个人专属档案，就连我的老师们都不知道这些事情！”他若有所思地说道。

“确实如此。你想想看：我们正在解答的问题有两种类型。一种是有人在克里特岛精心设计的谜题，为的是让我们获得第一类通关密码；另一种就是你的设备提出的那些出人意料的问题，用来获取第二类登录密码。这些问题的答案可能连我们的对手都不知道，只有你和你的‘眼线宝’知道……不过我相信这些才是起决定作用的。”

“看起来我们像是陷入了一个电子游戏。”拉里心不在焉地嚼着一颗橄榄说。不过，与《终极陷阱》不同，这个游戏并不是任何想参加的人都能玩儿的，而是专门为他量身定做的。有人先是不问青红皂白地绑架了他的姑姑，然后又向他提出了一系列问题，如果他能解决这些问题，或许就能救出他的姑姑。

这时服务员端来了一大碗典型的希腊沙拉，里面有番茄、橄榄、黄瓜和**菲达奶酪**，服务员勉强在已经满满当当的桌子上找到了一个位置放下它。

“你试着把答案写上去，快呀。”阿加莎坚定地催促道。拉里吸了口气，把还剩半盘的食物放到一边，开始输入答案：二年级 B 班。

答案是正确的，因为屏幕显示出：安全级别 2 已解锁。

阿加莎仔细观察着屏幕：“正如我所料。犯罪档案的卡片变得更加模

菲达奶酪

菲达奶酪是希腊享誉全球的最有名的奶制品和标志性美食，是绝佳的餐桌奶酪。希腊人无时无刻不在食用菲达奶酪，伴以各种其他食品。根据欧盟法律，菲达奶酪已被认定为希腊产品，也仅有希腊可以生产菲达奶酪。菲达奶酪以羊乳作为原料，因为在乳清和盐水中发酵，又称为盐水乳酪，且必须浸泡于盐水中保存；食用时，为了减少咸味，应先浸泡于冷水或牛奶中几分钟。

糊了。”

“你知道这是什么意思吗?”

“我不太确定。”

服务员又端来了一盘羊肉串。拉里刚想拿一个，沃森却迫不及待地从桌子底下跳上桌子，一口咬住了羊肉串，然后叼着战利品飞快地跑开了。

“站住，你这只馋猫!”拉里大声叫道，冲出去追赶着沃森，撞到了几张桌子和一个服务员。然而，身手敏

捷的西伯利亚猫太快了，它飞速穿过整个餐厅，最后又躲回到阿加莎的脚边，以极快的速度把羊肉串吃得一干二净。当拉里试图抓住肉串时，手里只剩下一根被啃得干干净净的木扦。

“啊！”他愤怒地喊道，“连猫也来跟我捣乱！”

阿加莎提醒他要事为先：“我们继续通关吧。只有不到四个小时了。”

拉里又抓起一根烤肉串，迅速把上面的肉块扯下来吞进肚里，然后用他沾满了油污的手指按下了那个“开始”按钮。

“眼线宝”嗡嗡作响，冒出了第三个谜题——一行让阿加莎皱起眉头的短句。

“这是一个非常复杂的问题吗，阿加莎小姐？”坐在桌子另一端的肯特先生问。

“恰恰相反！这看起来似乎是个简单的地理坐标，还配有一个名字和数字3。而且，地理定位也已被激活了……这次要想解开谜题，我们得去这个指定的地方。”

“你能用手机检查一下这些坐标对应的是什么地方吗?”拉里问肯特先生。

管家把数据输入到他手机的地图应用程序中，并向孩子们展示了结果：一个在阿希亚贝拉希亚附近的小镇。

“我们得折返回去！那地方离这里有五十公里左右，需要一些时间。”拉里一边说着，一边往嘴里塞满了菲达奶酪和番茄。

与此同时，阿加莎若有所悟地摸了摸鼻子。她正在打开她的“记忆匣子”，里面存放着一段依然清晰的记忆。

终于，她说：“那是罗塞塔姑姑家的地址！我记得在她的信封上看到过。”

拉里放下了沙拉：“什么？难道那钥匙是姑姑家的?!”

他一点儿也不喜欢这个谜题。不管是谁在挑战他们，都已经过分干涉了他们的生活。

他们付了账，匆匆走出了餐厅。阿加莎担忧地望着天空：肯特先生说得对，不知从何处冒出的云层正越聚越厚。即使是在这座阳光充足的小岛上，夏天也即将结束，秋天的第一场雨即将来临。“我们赶快去阿希亚贝拉希亚吧，可能这还不是我们的最后一站。”她低声说道。

戴头盔时，拉里问道：“屏幕上出现了什么？是另一种战争机器的名字吗?”

“伯恩斯坦，”阿加莎回答道，坐上了小摩托，“我们到了那儿就会知道更多了。”

第六章

罗塞塔姑姑的家

当拉里和肯特先生把小摩托停在与线索坐标相符的那座漂亮的白色小别墅前时，第一滴轻柔温暖的雨开始落下。阿加莎第一个走上通向前门的台阶，前门半隐在一株在黄昏中显得格外醒目的盛开的**叶子花**后面。一盏射灯照亮了标有“R. 米斯特里”的门牌。阿加莎试着把他们在海底找到的钥匙插进锁孔。钥匙转动了。

“门开了。”她向其他人确认道。拉里正要走上前去，“眼线宝”里就传来了那生硬而响亮的声音，表明

叶子花

叶子花又叫九重葛、三角梅，是一种常见的观赏植物。它的花朵颜色丰富，有红色、紫色、粉色等多种颜色，其苞片形似叶片，色彩鲜艳，故名叶子花。叶子花的花期很长，一般是从 11 月到次年 6 月。它的叶子形状像心形，光滑有光泽。叶子花喜欢阳光充足的环境，耐旱性强，适合种在庭院、阳台或公园里。

又有一个外拨电话打进来了。头盔从毫无准备的拉里手中滑落，滚到了台阶下面。

阿加莎立刻来到他身边。

“孩子们，是你们吗?”罗塞塔姑姑在电话那头叫道。

“姑姑！是我们！您还好吗?”

“还好……尽管我一直被关在黑暗中，而且计时器依旧在运行。坦率地说，这种情况真是挺让人不安的。”

姑姑的声音有些虚弱，并充满焦虑。

“我们正在尽全力救您出来。用不了多久我们就会找到您了。”拉里安慰道。

阿加莎插话道:“姑姑，我们为了找到您，不得不参与这个奇怪的游戏，它刚刚把我们引到了您的家。”

“我的家？真的吗?”

阿加莎示意拉里不要向罗塞塔姑姑说明他们具体是怎么拿到她家钥匙的。姑姑已经够烦恼了，没必要再提这个细节。疑惑不解的考古学家没有对此提出疑问，只是问道：“一切都正常吗?”

“看起来是的。”拉里回答道，一边把“眼线宝”紧紧握在手指之间，一边跟在堂妹身后走进狭窄的走廊。肯特先生跨了两大步走在他们前面，并示意他们等待：他想先行查探一下这里，以防他们神秘的敌人或其他不速之客在暗处伏击他们。阿加莎抱起了沃森，它正不停地嗅着这个陌生的地方。

几秒钟后，客厅的灯亮了起来。

“来吧，屋子里没有人。”肯特先生宣告。阿加莎把西伯利亚猫放在地上，它小心翼翼地在宽敞的客厅里踱步。这间房间里摆满了古董家具、画作、精心挑选并用心布置的装饰品和摆设，有些看起来很贵重。房间里一尘不染。

“我不明白。”罗塞塔的声音通过拉里的设备传来，“你们要在我家做什么呢?”

“您听说过伯恩斯坦这个名字吗？这一次，它是解开谜题的关键。”拉里提示道。

沉默片刻后，罗塞塔姑姑说道：“我想到了伦纳德·伯恩斯坦……”

“那个著名的指挥家?”阿加莎回应道。

“没错。我有一张他指挥的唱片，你们可以在留声机下面的柜子里找到，放在贝多芬的 B 那一栏。”

阿加莎悄悄笑了笑：她的姑姑和她一样，是个做事一丝不苟的人。她在第一眼看到客厅时就明白了这一点，尽管房间里摆满了各种各样的工艺品，但一切都干净整洁，并且画框之间的距离都经过精确计算，几乎分毫不差。

拉里指了指一个水晶柜，上面放着一台老式留声机，还配有一个华丽的黄铜喇叭。柜子的架子上收藏着数量相当可观的唱片，这些唱片按音乐家名字首字母的顺序整齐地排列着。

阿加莎很快找到了那张由维也纳爱乐乐团演奏、伦纳德·伯恩斯坦指挥的德国著名作曲家的交响乐黑胶唱片，虽然年代久远，但保存得完好如新。

“找到了，姑姑！您觉得……”拉里刚开口说，电话突然中断了。拉里抱怨道：“啊，这是什么鬼！可怜的姑姑不知道被关在哪里，我们连正常的通话都做不到！”

“您找到什么了吗，阿加莎小姐？”管家问道，同时阿加莎正在查看那张纸质的唱片套。

“还没有。”

阿加莎小心翼翼地抽出唱片，借着照亮留声机的复古台灯的灯光仔细查看：“唱片保存得非常好……看起来没有被人动过。没有任何小纸条，唱片套上也没有任何标记或文字……”

“等等，我有个想法。也许我们需要播放它？上一次我们必须拍摄物体才能自动触发答案。这一次，或许我们需要听唱片！”拉里兴奋地说道。

“你可能说对了，拉里！”

“呃，别说得好像这是件很了不起的事儿似的。”这位侦探学员谦虚地说道。

阿加莎极为小心地将唱片放在留声机的木质底座中央，然后把唱针臂轻轻地放在最外侧的音轨上。接着，她示意拉里靠近并启动“眼线宝”。**贝多芬**的标志性旋律充满了整个客厅，深沉而庄严。阿加莎闭上双眼，让自己暂时沉浸在音乐之中。

然而什么也没有发生。

“要是……”拉里试图说，但阿加莎用一个手势制止了他，她的眼睛仍然闭着：现在下结论还为时过早。

时间一分一秒地过去，“眼线宝”上没有出现任何新的信息。

拉里再次尝试道：“那个名字前面不是有个‘3’吗？说不定是第三首曲子……”

“没错，是《**英雄交响曲**》！”阿加莎瞪大了眼睛，惊呼道。她将唱针臂移到第三交响曲的位置。

这段音乐起初柔和，但很快就变得激昂。然而，那个钛合金设备并没有给出任何回应。

阿加莎本想好好欣赏这部在作曲家完美指

贝多芬和《英雄交响曲》

贝多芬（1770 — 1827）是德国伟大的作曲家。他的作品充满了激情和力量，对音乐发展影响深远。《英雄交响曲》（第三交响曲）是他的代表作之一，创作于1804年。这部作品原本是为拿破仑而作，但后来因拿破仑称帝，贝多芬愤怒地将标题改为《英雄交响曲》。乐曲分为四个乐章，音乐激昂且有力量，展现了英雄主义精神，是古典音乐向浪漫主义过渡的里程碑。

挥下的杰作，但她知道第三交响曲将近一个小时，而他们没有这么多时间。事情有些不对劲。到目前为止，他们的对手在他们理解谜题后，总能让他们快速找到答案。现在没有道理让他们浪费这么多时间去听一整部交响曲。或许答案并不在他们所设想的位置。

当维也纳爱乐乐团激情演奏时，阿加莎开始用她敏锐的目光巡视客厅。在被厚重的锦缎窗帘装饰的窗前，有一张摆着两把高脚凳的小桌子，上面放着一副棋盘。

“我发现了点儿东西。”她说着，走近桌子。在这个一切都井然有序的客厅里，棋子却没有像准备开局那样整齐排列，而是凌乱地散布在棋盘上。

慢慢地，阿加莎的脸上绽放出了笑容：“不得不说，我们的对手真狡猾啊！”

她坐在其中一个高脚凳上，专注地研究起棋子的布局。

“肯特先生，您能从书桌上拿一张纸和一支笔来吗?”她问道，眼睛并没有从棋盘移开。

拉里难以置信：“什么?! 我们应该弄清楚如何用交响曲解锁‘眼线宝’，而你却在下棋?!”

“贝多芬跟这事儿没关系，甚至跟我们之前以为的那个伯恩斯坦也没关系。”阿加莎解释道，“我想起还有另外一个伯恩斯坦：一位乌克兰裔的国际象棋大师，奥西普·伯恩斯坦。我认为，实际上我肯定这个谜题指的就是他。具体来说，是他的某场对局……这里的棋子被摆放得很有规律，你看见了吗?”

拉里越过堂妹的肩膀盯着棋盘，与此同时，管家递给了阿加莎一本小笔记本和一支钢笔，这些都是从罗塞塔姑姑那十八世纪的书桌上找到的。

“你是说……那些棋子是我们的敌人摆放的吗?”拉里不禁打了个寒战问道。一想到那个阴险的、绑架了罗塞塔姑姑，还远程控制了“眼线宝”的家伙曾在这里摆弄这些棋子，他就感到非常不安。

阿加莎把白色的兵向前移动了一格，并记录下了这步棋。

“您将军了，阿加莎小姐。”肯特先生看着说。

阿加莎点头道：“我认为这些棋子重现了伯恩斯坦的一场胜局，他当时用的是白棋。现在，我必须弄清楚并重现那些让他获胜的走法。”

拉里瞄到一把铺着毛皮的扶手椅。他对国际象棋一窍不通，如果必须得等堂妹下完一局棋，那不如让自己坐得舒服点儿。他刚一坐下，就听到一声尖锐如警报般的猫叫：拉里没注意到沃森正蜷缩在椅子上，它和椅子的白色毛皮混为了一体。“哎呀，抱歉！”拉里惊叫着，立刻站了起来。沃森不满地跳到了一旁的红木躺椅上。

与此同时，阿加莎继续移动棋子：先是一个黑兵，然后是白后，再次是黑棋，最后是白车。

“将军！”肯特先生评论道，“太棒了！”

阿加莎已经按照传统的英文记法仔细记录了棋子的走法。纸条上写着：f5+exf5Qxh6+gxh6Rag8#。

“拉里，按下‘输入答案’按钮。”

“眼线宝”屏幕上出现了输入新密码的空格。

“呃，哦……这里只有十二个空格，可你记录的符号比这要多呀！”

“确切地说，是二十一个。我们试试前十二个吧：这是前三步棋，正如谜题中的数字3所暗示的，它由这个地址的坐标、名字伯恩斯坦和一个3组成。”

阿加莎输入了她记录的前三步棋的符号，分别是白棋的第一步和第三步，以及黑棋的第二步，按顺序输入：f5+exf5Qxh6+。

“眼线宝”发出嗡嗡声，屏幕上显示：答案错误——罚时扣除二十分钟。

“眼线宝”那生硬而响亮的声音覆盖了乐团的旋律：“逃脱时间还剩两小时十分钟。”

“我弄错了。”阿加莎承认道，语气中带着歉意，“我太着急了。”

拉里紧张地冒出一身冷汗。阿加莎很少犯错。说实话，他不记得她上次犯错是什么时候了：如果说LM14探员总能解决最错综复杂的案件，那这很大程度上是得益于他这位堂妹不可思议的直觉与准确度。而这次，他们姑姑的性命危在旦夕，不是侦察实践课上被教授数落一顿那么简单。

“现在我们该怎么办？如果你不能用正确的走法赢下这局棋，我们就完了！已经快半夜了，上哪儿去找个国际象棋冠军来帮忙？”

阿加莎争辩道：“走法当然是正确的！我只是输入密码时犯了错。那个数字3显然不是指前三步棋……

而是指伯恩斯坦用来把对手将死的三步棋！其实这挺明显的。”

说完这番话，她再次输入答案，这次只选择了白棋的走法，并省略了最后的将死符号：f5+Qxh6+Rag8。

在片刻的寂静等待后，“眼线宝”确认道：答案正确。

第七章

奔赴堡垒

拉里兴高采烈地说道："太棒了！你答对了！"

然后他的表情变得严肃起来："可是现在应该出现那个机密问题了。希望这玩意儿不要再揭露我那些令人尴尬的往事了！"

通常，拉里对他的"眼线宝"极为小心，因为这个复杂的设备是一个真正侦探的标志。然而，这次的冒险经历削弱了他对这个形影不离的技术伙伴所抱有的信任。

“这一次有点儿不一样。你看。”阿加莎说道。

“眼线宝”屏幕上出现了一张照片。

“这是菲尔卡斯堡垒，一座十七世纪的威尼斯要塞。”她解释道，“它就在克里特岛哈尼亚的威尼斯港那儿……距离阿希亚贝拉希亚挺远的。”

“大约一百二十公里。”肯特先生补充道。

阿加莎拉开锦缎窗帘，观察着房子后面的街道。一盏孤零零的路灯照亮了被雨水浸透的夜晚。考虑到他们只剩几个小时，还只有那破旧的小摩托车，他们怎么可能在这样的恶劣天气里走完这么长的路呢？

“我们完蛋了！”拉里悲观地总结道。

“我们开姑姑的车去，”阿加莎提议道，“在这种情况下，我相信她不会介意借给我们的。”

“好主意，可问题是……我们没有车钥匙，而且只能在‘眼线宝’允许的时候，我们才能联系到姑姑！”

阿加莎笑了：“有办法。你没有注意到在入口的走廊上有一个挂钥匙的小板子吗？我敢肯定我们可以在那里找到车钥匙。”

这位未来的作家说得对。

“幸好罗塞塔姑姑是个有条理的人！”拉里松了口气，快步走向停在房子旁的那辆小型越野车，“有了车，我们会快得多。”

一上车，阿加莎立即开始翻阅克里特岛旅行指南。尽管他们把行李留在了机场，原计划是与罗塞塔姑姑一起去取，但阿加莎没有忘记把这本宝贵的指南塞进拉里的摩托车储物箱里。

“我记得没错。那座堡垒位于城市的旧城区，也就是所谓的‘威尼斯港’。那里还有克里特岛的海事博物馆。”阿加莎说道，“不过，现在博物馆肯定关门了。”

“难道姑姑被关在博物馆里?”拉里猜测道，“也许我们狡猾的对手觉得这是软禁一个考古学家的最佳地点!”

阿加莎沉思着：“我觉得不太可能。但可以肯定的是，到目前为止，我们已经离答案很近了。”

拉里忧心忡忡地瞥了一眼“眼线宝”。尽管肯特先生已经尽可能快地在开车了，但他们还有一段路程要赶，而离倒计时结束只剩下两个小时了。

当他们终于到达目的地时，雨已经停了。拉里透过车窗再次望向外面的景色：灯光照亮了港口五颜六色的建筑，也照亮了仍在营业的露天咖啡馆的小桌子和遮阳篷，在水中映射出闪烁的色彩，给整个景象增添了一种近乎魔幻的味道。拉里暗自决定，如果他们能成功解救姑姑，并解开这个复杂的谜题，他一定要在白天再回来游览这个地方，还要拍摄一些照片发布在他的多个社交账号上……

“我们快到目的地了。肯特先生，你可以停车了！”阿加莎喊道，打断了拉里的遐想。

堡垒里空无一人。阿加莎、拉里、肯特先生和沃森穿过古老的尖拱大门，走上石头步道，步道通向那座红色建筑——海事博物馆。阿加莎睁大眼睛，几乎每走一步都会查看一下拉里的“眼线宝”，但没发现任何信息。

“那边的窗户有灯光。”管家观察到。

“博物馆里有人！”拉里兴奋地说道，“我们去找入口。”

他们原路返回，绕过堡垒的墙壁，来到博物馆的另一侧。博物馆自然是关着门的，但在拉里敲了几次门之后，里面传来了一阵脚步声，最终听到了从里面打开门锁的声音。

“我们现在已经关门了。”一个带着鼻音的声音说道。门打开了一条缝，一个七十多岁的白发男子探出了头。阿加莎瞥见他穿着一件看门人的外套。

“对不起打扰了，您可能会觉得这个问题有些奇怪——您有没有收到给罗塞塔·米斯特里侄子的消息?”阿加莎问道。

看门人睁大了清澈的蓝眼睛：“还真有这么回事儿！”

然后他消失在黑暗中，片刻后又带着一个信封重新出现：“给，这个。今天早上我在……”

“……在售票处的柜台上找到的。”拉里接过话，想起了他们在克诺索斯已经经历过的那种花招。

“实际上，是在保洁杂物间的门前。”看门人纠正道，“我差点儿把它扔了，但后来想这也许是个重要的信件，迟早会有人来取。”

“那些人就是我们。”阿加莎坚定地说道。

拉里伸手接过信封，低声说道：“还真希望能一直有这么好的运气!”

“没有期望就无法发现意外之事。”看门人机智地回应道，他显然听到了拉里的话。然后他微笑着告别:“请原谅，但我现在得去把档案整理好了。晚安!”

阿加莎在关闭的门前停留了片刻，拉里则撕开了那个熟悉的用红色墨水写着收件人的信封，惊呼道:“信封是空的!”

阿加莎看着他:“你确定吗?”

拉里点点头:“非常确定。这次没有任何消息。”

就在那一刻，“眼线宝”开始嗡嗡作响。拉里拿起查看，屏幕上开始显示一张图像:“正在出现一张照片。可是……这不可能！这是我们!”

钛合金设备的显示屏上出现了一张快照，正是此刻的阿加莎、拉里和肯特先生的面孔。

“这到底是搞什么鬼啊?”拉里抱怨道。

“和往常一样，这可不是闹着玩儿的。或者说，这是一场游戏……却是非常严肃的游戏。我们仔细看看这张照片，我确信它包含了找到答案的关键。如果我的直觉没错的话，这次的答案就是最终答案了。这个线索的递送方式和第一个线索相同，所以按理推断，这应该是最后一个了。”

“可照片里只有我们和背后的那座红色灯塔……等等，灯塔会不会就是答案?”

阿加莎缓缓地点了点头：“灯塔可能就是姑姑被囚禁的地方。我们马上去那里吧!”

为了到达古老的灯塔，他们不得不绕过港口，走到对面的岬角。时间在一分一秒地不断流逝，当他们终于气喘吁吁地赶到灯塔前时，显示器上已经只剩下不到十二分钟的时间了。阿加莎不需要查阅指南：她记得很清楚，她读到过这座灯塔始建于十六世纪，十九世纪重建，并且分为三个部分。

“我们怎么知道她是被关在下面还是上面?”拉里指着灯塔的基座问道。

“灯塔基座是唯一保持威尼斯时期样貌的部分，呈八边形。中间部分也是有棱角的几何形状，只有上面是圆形的……就像姑姑被关的那个没有棱角的房间！”

灯塔的门是开着的。

肯特先生本想冲在前面开路，但阿加莎劝阻他：“不！我和拉里上去。你最好去取车，并尽可能靠近灯塔。我们一旦解救姑姑，就无法避免炸弹爆炸，我们需要尽快逃离这里。”

管家点了点头，迅速朝停在港口边的小型越野车方向跑去。

拉里和阿加莎大步流星地走上了黑暗

的螺旋楼梯，楼梯盘旋而上，通向塔顶的另一扇小门。

“罗塞塔姑姑！”拉里大喊道，“我们来了！”

“孩子们！快救我！”

姑姑的声音从厚重的门后传来。

他们终于找到了她！

但还有一个问题——拉里试图转动门把手，发现转不动：小门被锁住了。在几乎一片漆黑之中，他注意到把手上方有一个小显示屏，屏幕上闪烁着“炸弹激活”的字样。

“我们必须先拆除炸弹才能开门！”拉里紧张地说道，同时疯狂地摇晃着手中嗡嗡作响的“眼线宝”，“快，告诉我们该怎么做！”

屏幕上终于出现了熟悉的界面，九个犯罪分子的资料变得十分模糊，随后是惯常的消息：

机密问题 3:

逃生代码 LM14

拉里呆呆地盯着“眼线宝”，脸色煞白。

“怎么了，拉里？这是什么？”阿加莎轻轻摇了摇他的手臂，问道。

拉里终于开口说话了：“这是我被‘侦探眼’录取时分配的安全代码。除了我之外，没有人知道。但使用逃生代码会造成非常非常严重的后果，学校和机构的守则都明确规定禁止使用它。如果我这样做了，我不知道会发生什么。我肯定会被永远逐出‘侦探眼’……甚至可能被世界上所有的特工机构拒之门外。”

黑暗的塔楼里陷入了一片诡异的寂静，姑姑在门后紧张的敲打声打破了这份死寂。

“孩子们？你们还在吗？”罗塞塔的声音因恐惧而颤抖，“倒计时只剩三分钟了！”

拉里喃喃自语道：“这是生死攸关的问题。”

然后，他按下了“输入答案”的按钮。屏幕上出现了七个空格。拉里咽了咽口水。

“逃脱时间还剩一分十八秒。”

“救命啊!”姑姑大喊道。

拉里抬起手指准备输入第一位数字，但什么东西阻止了他。他惊讶地转身看向阿加莎，堂妹坚定地紧紧抓住了他的手腕。

“别这么做，拉里。等一下。”阿加莎说道。

“可是姑姑……炸弹……”拉里喃喃道。

阿加莎用她那清澈而智慧的眼神看了他一眼作为回应。那眼神仿佛在说:“你相信我吗?”

拉里点了点头，放下了手臂。

“逃脱时间还剩十秒。九……八……七……六……”

第八章

一切都消失了吗？

当那金属般的声音倒数最后几秒时，拉里紧闭双眼。如果阿加莎判断错误，那么这将会是拉里·米斯特里在地球上的最后一刻。他会因什么而被铭记呢？他的父母会有什么反应？他的朋友和老师会如何回忆他呢？也许爸爸妈妈这对离婚多年的夫妻会放下积怨，因共同的痛苦而相拥在一起；他的兄弟们会哭泣；UM60 也许最终会赞美他。而在葬礼上，甜美的埃莱妮可能会坦白，自己对那个叫拉里的英俊游客印象深刻……

“拉里！拉里！”阿加莎的尖叫声把他从思绪中唤醒。这位雄心勃勃的侦探再次睁开了眼睛。他手掌中的“眼线宝”屏幕恢复了往常的那种宁静均匀的灰色，门上电子设备上闪烁的文字也消失了。

罗塞塔姑姑的声音从房间里传来，声音响亮而又带着难以置信的语气：“倒计时归零了！现在没事了！”

阿加莎转动把手推开门，微弱的光线照进了小房间。罗塞塔姑姑眨了眨眼，露出了微笑。尽管她看起来有些蓬头垢面，但似乎状况还不错。

“我们得赶快离开这里！”阿加莎催促道，扶着这位仍有些不知所措的考古学家走下楼梯。

他们到达灯塔底部后，米斯特里一家三口紧紧地拥抱在一起，终于松了一口气。

“您确定一切都好吗？”阿加莎认真地看着罗塞塔姑姑，问道，“您在黑暗中被关了这么久……”

“是的，亲爱的。”罗塞塔姑姑回答道，边说边理了理自己的裙子，“我得承认这是一次奇特又令人恐惧的离奇经历……但知道拯救我的任务掌握在我机智聪慧的小侄女手中，我就从来没有对这个结果有过任何怀疑！”

“嗯，呃。”拉里清了清嗓子。

“哦，当然了，也要感谢你，亲爱的拉里。你们知道

吗？最糟糕的事情就是想到我可能无法按计划参加国际会议。我把我的毕生心血倾注在我的研究上，如果我被某个恶作剧困在灯塔里而错过了向世界宣布我的研究成果的机会，那真的会让我非常恼火！”

阿加莎和拉里交换了一个近乎好笑的眼神。姑姑在轻描淡写地提及这次经历，仿佛她已经忘记了就在几分钟前，她的生命还被一颗即将爆炸的炸弹威胁着。

“等等。”阿加莎低声说道。她注意到一个身影在昏暗中沿着通往灯塔的路走来。

“是肯特先生？”拉里猜测道。但那个轮廓并不是他们熟悉的那个强壮的米斯特里家的管家。相反，那是一个体型瘦长的男人，步伐坚定。

“不。他是我们的神秘对手。”阿加莎叫道。

拉里看到一个身影从黑暗中浮现出来。那张脸，有着鹰钩鼻、尖下巴，以及浓密眉毛下锐利的眼睛，看起来有些眼熟。

“真是非常敏锐。要不是因为你，我的计划就成功了。”陌生人用冰冷的声音说道，令拉里不寒而栗。

“你……知道他是谁吗？”年轻的侦探低声问他的堂妹。

阿加莎点了点头：“他就是策划了这一切的人。‘侦探眼’档案中的九大超级罪犯之一。”

在那一瞬，拉里认出了站在他们面前的这个人，他的特征与那天他们见到过三次的档案中的一名通缉犯完全一致：每次拉里要解锁“眼线宝”的安全级别时，都会看到他的照片。

“现在到了我们摊牌的时候，我年轻而聪明的对手，我很好奇，你是怎么弄清楚这一切的？”那个男人站在他们面前，双臂交叉，质问道。

阿加莎接受了这个邀请。

“起初，我并不明白这个游戏的目的。不过，每当我们通过一个关卡，屏幕就会变得越来越模糊，就像在慢慢消失一样，这让我起了疑心。随着游戏的进行，我逐渐明白了这正是我们的对手的真正目标：设法从‘侦探眼’的犯罪档案中抹去所有关于他的痕迹。”

“什么?”拉里惊讶地叫道。他完全没有想到这个神秘敌人的目的竟然与“侦探眼”有关。

“‘侦探眼’是一个最高安全级别的机构。”阿加莎继续说道，“想要从档案中删除信息，尤其是涉及超级罪犯的信息，几乎是不可能的。档案有三个安全级别，需要双重密码解锁：一个由机构设定，另一个只能由在职成员在自己的‘眼线宝’中输入。这第二个密码与只有特工本人知道的信息相关，并由设备的内部系统直接验证。这是该机构保护数据的巧妙方式。”

“是的，就是那些机密问题!”拉里立刻反应。

“能设计出这种计划的人，一定是对‘侦探眼’的系统非常了解的专家。”阿加莎接着说，“可能是一个曾经在那里工作了很长时间的人……也可能是现在加入罪犯行列的前特工。而在档案中的九个通缉犯里，只有一个人的名字与‘侦探眼’特工的常见代号相似……”

“AO57！”拉里立刻联想到，突然想起屏幕上唯一一个与那种名字相关的罪犯，“被指控为网络犯罪……”

阿加莎点点头：“你猜对了，或者说差不多。这个履历非常吻合，尤其更是因为他是个希腊人。事实上，仔细观察这个代号，我注意到那个O不是像我们拉丁字母中的那种椭圆，而是一个带有两条水平线的开口圆：那是希腊字母表的最后一个字母——欧米伽——的大写形式。所以那个A，虽然看起来像英语中的A，但实际上是一个阿尔法：‘Alpha Omega 57’。因此我推断也许我们的敌人是希腊人，或者更确切地说是克里特岛人：他非常熟悉游戏的场地，并利用它来达到自己的目的。”

那男人做了一个戏剧性的夸张手势，鼓掌道：“真聪明！”

阿加莎直视着他：“要实现你的计划，也就是永远从‘侦探眼’的通缉档案中抹去自己的名字，然后销声匿迹，你需要一个特工，或者，需要一个学校的学员——一个容易掉进你的陷阱的、年轻且不太有经验的人来一路解开谜题。拉里·米斯特里是完美的目标：

他甚至有一个住在克里特岛的亲戚，而你就毫不犹豫地利用这一点来引诱他到这里，通过绑架罗塞塔姑姑来启动你的阴谋。”

“无赖!”罗塞塔愤怒地喊道，紧握着拳头。

“我承认，通过一个游戏来操控 LM14 的主意确实非常巧妙。你花了很多心思设计谜题，让它们的答案成为解锁安全级别的关键词……”阿加莎继续说道。

“哦，这很有趣。”罪犯露出一个干巴巴的微笑说道，“我只不过是确保你们能迅速推进。”

“实际上,你亲自确保我们收到了第一个和最后一个提示。你差一点儿就达到目的了，但游戏提前结束了。拉里，重置‘眼线宝’!”

“什、什么？但这样的话，里面的一切都会丢失的！如果 UM60 发现了，我会被大卸八块的！”拉里抗议道。

阿加莎狠狠地瞪了他一眼：“快做！你必须清除我们到目前为止所做的所有步骤!”

梅尔特米风

梅尔特米风是夏季遍布爱琴海的强烈干燥风，通常在每年的5月至10月出现，尤其在7月和8月最为强烈。它们通常从北、西北或东北吹来，会带来凉爽的天气，但也可能使海水汹涌，影响航海和海滩活动。

一阵**梅尔特米风**拂过码头上的四个人。在灯塔的光线下，邪恶罪犯的眼睛闪烁着疯狂的光芒，然后他猛然扑向拉里。

两个人纠缠了几秒钟，直到拉里手中的“眼线宝”从他指间滑落，滚向通往灯塔的石路边缘。罗塞塔试图冲上前去抓住它，但没能做到。那个设备滑落下去，并被海风掀起的波浪吞没了。

AO57推开年轻的特工，立刻跳入海中。

罗塞塔、阿加莎和拉里惊恐地盯着黑暗中的海浪。几秒钟后，AO57在几米远的地方浮出水面，高举着一只手臂，手中握着一个物体。

“他竟然抓到了！”拉里几乎是带着钦佩的语气说道。然而，波浪阻碍了这位前特工，他紧紧抓着他那珍贵的战利品，努力挣扎地向岸边游去。

“每当梅尔特米风吹起时，这一带的海面往往会变得狂暴起来。”罗塞塔姑姑扬起眉毛说道。

就在这时，气喘吁吁的肯特先生跑了过来：“各位！抱歉！有人破坏了汽车！”

“海里有个人……拿着拉里的‘眼线宝’！”阿加莎对他说，指向 AO57 正在与海流搏斗的地方。

肯特先生扫视了一下水面，然后毫不犹豫地跳了进去。他几下便游到了罪犯身边，后者没有抵抗，而是任由他顺利施救。随后肯特先生把他带回了灯塔的栈道上。

“这是我的！”拉里喊道，一把从前特工的手中夺回了他的珍贵设备。那个前特工此时已经精疲力竭，全身湿透地躺在地上。

肯特先生已经站了起来，正居高临下地看着罪犯，此时他那无可挑剔的晚礼服正滴滴答答地滴着水。

“我猜这就是我们那神秘的敌人了。”他说道。

阿加莎点了点头：“他是个危险的罪犯，最好把他交给司法机关。”

拉里甩了甩“眼线宝”，想把它弄干，然后说道：“我马上通知当地警方！”

“你有件事必须先做……还记得吗，拉里？”阿加莎催促道。

“嗯？哦，对了……”

拉里叹了口气，按下了那个应被禁止的“重置”按钮，就这样清除了内存中的所有数据。他真希望自己记得定期备份，就像学校手册中建议的那样。UM60肯定会对他大发雷霆，但不管怎么说，他抓住了一个危险的罪犯，并保住了自己的逃生代码，这个结果也不算太糟糕。

当警察把前特工带走的时候，前特工对阿加莎投去了一瞥：“我接受失败。与你对决真是件乐事。”

警察把他推上了警车，警车随后消失在夜色中。

“真是个古怪的家伙！”罗塞塔抗议道，“他把我们都当成了木偶一样玩弄！”

“但他没有得逞。”阿加莎微笑着说。

拉里打了个响亮的哈欠：“现在几点了？我们能到姑姑家好好睡一觉了吧？”

正在拧干领结的肯特先生回答道：“不幸的是，就像我刚才跟你们说的，汽车已经没法开了。”

阿加莎叹了口气：“AO57 设计得真是天衣无缝……

他预料到我们可能会阻碍他，所以他破坏了您的越野车来转移注意力，姑姑！”

“什么?！那个恶棍竟然也对我的车下手啦？”罗塞塔怒火中烧地说道。

“恐怕是这样的。”阿加莎说道，“我们得找另一种交通工具回到阿希亚贝拉希亚。”

“根据‘眼线宝’的显示，十分钟后有一班夜间公交车从哈尼亚市中心出发。”已恢复了往昔自信的拉里一边操纵着他那熟悉的钛合金设备，一边说道。

阿加莎微笑道：“完美！如果你们都同意的话，我们明天再取回汽车和我们的行李……”

姑姑叹了口气：“好吧。会议是在后天举行的，我们还有时间恢复元气，并安排好一切。”

拉里仍低着头看着他的设备，说道：“只是有一个问题。”

“什么问题?”阿加莎问。

“看起来，我们必须解开另一个谜题才能上车！”拉里说道。

在场的人都陷入了沉默……然后阿加莎忍不住笑了出来："拉里，你这个狡猾的家伙！"

"不过你刚才还真的信了！虽然你没有被 AO57 骗到，却上了 LM14 的当！"拉里笑着说道。

任务完成

拉里伸了个懒腰，懒懒地在沙滩巾上换了个姿势，仰面躺了下来。经历了前一天的波折后，这个在海边放松的午后正是他所需要的。他睁开一只眼睛，偷偷瞄了一眼他的堂妹：他们一到海滩，她就把一把折叠椅放在肯特先生插好的遮阳伞下，坐了下来，开始看书。尽管晶莹的海浪似乎在邀请每一个踏上金色细沙的人去畅游一番，但她还是没停下来。他已经游了三次，还吃了两份冰淇淋。终于，他感觉自己又是那个时刻准备着迎接任何任务的拉里·米斯特里了。

“阿加莎，”他说着，坐起身来，“我能问你一个问题吗?”

“说吧。”她恋恋不舍地放下正看得入迷的侦探小说回答道。

“其实有两个问题。第一个是：你怎么知道那颗炸弹不会爆炸的？”

阿加莎趁着阅读的间隙涂抹防晒霜，解释道：“很简单，这不符合 AO57 的风格。他是一个危险的网络犯罪分子，但不是一个暴力分子。当然，他绑架了罗塞塔姑姑，并设计了一个复杂的计划来达到他的目的，但他

没有伤害她一根头发，也没有试图用武力逼你提供密码。唯一一次表现出攻击性，是他笨拙地试图从你手中抢走‘眼线宝’。他绝不会引爆一颗炸弹。更何况，一个试图抹去自己痕迹的人，绝不会做出如此引人注目的事情，因为那样会引发一系列难以摆脱的调查。”

拉里点了点头：“有道理。即使如此，你仅凭直觉就相信炸弹不会爆炸，也是够勇敢的。我们差点儿就被炸飞了！”

“那第二个呢？”阿加莎边问边把防晒霜的盖子盖上。

“第二个，什么?”

“第二个问题。你说你有两个问题。”

“啊，对了！为什么你说AO57亲自给我们提供了第一个和最后一个线索?”

“你真的没认出来吗?”阿加莎狡黠地笑了笑，“他乔装成克诺索斯宫的售票员和海事博物馆的看守人。不得不承认，他在伪装方面也很有一套……”

拉里愣住了，但只要稍微回想一下AO57的长相，他就明白阿加莎这次又说对了。那个售票员是秃头，戴着厚厚的眼镜，而那个和善的看守人则是一个白发、蓝眼睛的小老头，还有些驼背……只需采取一些简单的手段，比如戴上一副有色镜片的眼镜，再戴上一顶假发，就能轻松完成这样的伪装。然而，拉里却被这两处伪装给骗了。

“等一下……如果你一开始就发现了，那为什么不说出来呢？”

“我是在售票员和看守人都引用了希腊哲学家**赫拉克利特**的格言时开始怀疑的，”阿加莎解释道，“‘一切都在流动，没有什么是静止的’，然后是‘没有期望就无法发现意外之事’。这两句话

赫拉克利特

赫拉克利特（约前544—前483）是古希腊著名的哲学家，爱菲斯学派的创始人。他出身以弗所的贵族家庭，但放弃了王位，选择隐居。赫拉克利特认为世界的本原是“火”，强调世界处于永恒的变化之中，还提出了“对立统一”的思想。他的学说奠定了辩证法的基础，被列宁称为“辩证法的奠基人之一”。

非常特别，绝不是随意插入对话中的。我们的对手由于过于自信而犯了这个错误，这让他的伪装露出了破绽。”说完，阿加莎再次拿起了她的书。不过在重新打开之前，她向堂哥投去一个狡黠的目光。

“我也能问你一个问题吗?”

“嗯？当然可以。我洗耳恭听。也许调查中的有些细节你没注意到，却被我发现了！随便你想知道什么，都尽管问我吧，阿加莎。”

“我真正想知道的是……那个机密问题还会揭露你什么尴尬的隐私呢?”阿加莎几乎无法掩饰住自己那淘气的得意笑容。

拉里立刻脸红了:“啊不，你别也来凑热闹！不是我的错，我不得不向‘眼线宝’讲述我生活中的所有细节……在重置之前，那玩意儿甚至连我自己一个人的时候喜欢抠鼻子这种事都知道!”

一阵银铃般的笑声让他猛地转过头去。他身后出现了两只可爱的脚丫，上面是修长的双腿，而再往上……

是克诺索斯的导游埃莱妮那张甜美的脸。拉里从沙滩巾上猛地站起来，尴尬得满脸通红。

“早上好！我从远处看到你们，就想过来打个招呼。你们选择了一处非常美丽的海滩来享受克里特岛的假期，我一有空就会来这里！而且我看到拉里，现在……还是一如既往地搞笑！”

可怜的拉里只好结结巴巴地说：“我……你……鼻子……”

埃莱妮友好地盯着拉里看了几秒钟。看到他结结巴巴地设法说出一句完整句子的样子后，她露出一个大大的微笑，说道：“现在我得走了。如果你们再来克里特岛，说不定我们还能再见面！”

说完，她转身离去，带走了拉里的浪漫梦想以及他所剩无几的尊严。

“别难过，拉里。为什么不来好好玩一局《终极陷阱》呢？这是你最喜欢的消遣方式，不是吗？”

“以前是！但是现在我一点儿都不想玩：我已经受

够了那些在‘眼线宝’上的考验、谜题和扭曲的难题了！相反，你知道我要跟你说什么吗？我现在烦到甚至想开始读书了！”

阿加莎不失时机地开始把堂哥引入她最喜欢的活动。她把手伸进自己的沙滩包里，递给他一本袖珍版的《福尔摩斯探案集》。

“从这本开始吧！如果你未来想成为一名伟大的侦探，这本书里有很多对你有用的启示，相信我！”

然后，这位年轻的未来作家深吸了一口充满咸味的空气，悠闲地瞥了一眼海滩上美丽的景色，然后再次沉浸在她那充满谜团、线索和意外转折的侦探小说中了，就像她喜欢的那样。

侦探小课堂

侦探的黄金定律

一名真正的侦探要善于融入不同的环境，通晓当地风俗习惯，避免被他人轻易识破。以下就是侦探必须遵守的几条黄金定律。

1. 切忌过分显眼!

和当地人一样的衣着打扮是侦探最好的伪装。无论身边是衣着华丽还是以运动装为主的人群，侦探都应该根据实际情况，选择与他们相近的服饰，同时还可以保留些许个性化装扮。

2. 切忌留下痕迹!

在需要进入室内获取某件物品时，侦探应该尽可能做到举止自然，在确保没人看见的情况下，迅速行动并及时离开，千万不能随意移动其他无关物品。如果目标物体被压在其他物体下方，则应在行动前记清所有物体的具体位置，并在拿到目标物体后，及时将其余物体归位。

3. 切忌心急！

侦探在跟踪目标人物时，应当与其保持适当的距离。当目标人物在道路转角拐弯时，应等待几秒后再跟上他的行踪，切忌突然加快脚步。在跟踪过程中，侦探应冷静地记下所有与目标人物进行过交谈的人员。在能听见谈话内容的情况下，还应记下谈话中涉及的所有与案件相关的话题。

4. 切忌暴露真实身份!

侦探在跟踪嫌疑人时，应当假装忙于其他事情，比如：和朋友聊天、看报纸、用手机发短信、抚摸小狗等。切忌在追踪过程中被当场识破，否则将会惹上大麻烦!

侦探小课堂

侦探的破案工具

案件调查是一门艺术，调查过程中也需要因地制宜地选用合适的“专业工具”。可供使用的调查工具和方法数不胜数，比如：从过去利用放大镜寻找指纹，到现代的DNA鉴定技术；从使用铅笔在笔记本上手绘嫌疑人画像，到如今的罪犯电子档案记录等。除此之外，侦探们时常需要长途奔波，因此切记选择简便的衣服和舒适的鞋子！

1. 阿加莎的破案工具

- 一本随时随地都可以记录想法和重要信息的笔记本；
- 一个馆藏丰富，随时可查阅资料的图书馆；
- 一个用于储存所收集线索的匣子；
- 一副真丝手套，避免在侦查过程中留下指纹。

2. 拉里的“眼线宝”

世界上最先进的电子设备，能够搜索到各个领域的相关信息；内含防震和适应极端天气的设计，还配有许多令人意想不到的功能，诸如将卫星移入指定轨道、搜寻浩如烟海的电子资料、启动各项科幻程序等，因此如何巧妙使用“眼线宝”是非常重要的问题。